AF497326

NOTICE

LA VISION DE DANTE

AU PARADIS TERRESTRE

(PURGATORIO, canto XXIX, v. 16. — XXXIII, v. 160).

TRADUCTION ET COMMENTAIRE

PAR M. BERGMANN,

DOYEN DE LA FACULTÉ DES LETTRES DE STRASBOURG,
MEMBRE DE LA SOCIÉTÉ LITTÉRAIRE
DE CETTE VILLE.

La vision que Dante suppose avoir eue au Paradis terrestre n'a pas encore été jusqu'ici parfaitement comprise, ni convenablement expliquée. Il importe donc d'en donner, succinctement, le vrai commentaire, en montrant quel a été le but du poëte ou l'idée qu'il a voulu énoncer, et en interprétant les formes symboliques qu'il a choisies pour exprimer sa pensée.

I.

Le grand poëte florentin est convaincu que l'Empire et la Papauté sont l'un et l'autre d'institution divine; qu'ils forment ensemble le meilleur gouvernement temporel et spirituel que présente l'histoire du monde; qu'ils ont été préparés, dès la plus haute antiquité, par tous les gouvernements qui ont précédé leur établissement; qu'ils sont les gardiens et les mentors de la Chrétienté, et que, si l'un et l'autre remplissent réellement leur devoir, les nations ne manquent pas de jouir d'un bonheur complet sous le rapport social, moral et politique. Que si l'Italie est livrée à l'anarchie et à l'immoralité, et si elle est accablée de malheurs, cela provient de ce que les principes divins de l'Empire et de la

Papauté sont méconnus, et ne sont même plus observés ni par le Pape ni par l'Empereur.

C'est pourquoi, voulant montrer la plaie sociale et politique de son temps, c'est-à-dire la dégénération de l'Empire et de la Papauté, Dante retrace l'histoire générale du gouvernement des peuples, depuis son origine jusqu'au xive siècle. Se conformant aux habitudes de la poésie de son temps, il expose ce tableau historique, tracé à grands traits, sous la forme allégorique d'une vision, qu'il dit avoir eue au Paradis terrestre, après qu'il fut parvenu à n'avoir plus besoin, pour lui-même, de gouvernement, et qu'il eut été mitré et couronné, comme étant dorénavant son propre pape et son propre empereur. La succession des gouvernements, dans les temps primitifs, ensuite la préparation et l'arrivée de l'Empire et de la Papauté, et enfin la grandeur et la décadence du pouvoir temporel et spirituel, sont représentés, dans cette vision, sous la figure d'une procession, ou d'une série de tableaux, montrant des personnages et des actions symboliques. La suite de ces tableaux et de ces personnages, se succédant dans l'espace, indique la succession des différents gouvernements dans le temps ou dans l'histoire. Aussi, pour faire comprendre de quelle manière le poëte florentin a conçu et exposé l'histoire de l'origine, de l'apogée et de la dégénération de l'Empire et de la Papauté, est-il nécessaire d'expliquer ici la signification des personnages allégoriques et des actions symboliques que Dante suppose avoir aperçus successivement dans sa vision au Purgatoire.

II.

Le Saint-Esprit, de tout temps, a voulu être le guide des gouvernements et des nations, et il s'est manifesté, dès l'origine, par ses sept qualités ou vertus, appelées communément *les Sept Dons du Saint-Esprit*. Ces Vertus divines sont comme des *flambeaux* ou candélabres qui éclairent le chemin du salut; elles sont comme *la tramontane*, qui indique la direction à suivre pour arriver au port; elles sont comme *le porte-drapeau*, qui guide l'humanité dans les combats de la vie terrestre, et la conduit à la victoire, qui donne à l'âme la paix et le salut; enfin elles sont comme *l'arc-en-*

ciel, qui, après le déluge, est devenu le symbole de la réconcilia-
tion et de l'alliance de Dieu avec le genre humain régénéré. Voilà
pourquoi, dans sa vision, Dante voit d'abord avancer sept Flambeaux ou *Candélabres,* venant du ciel ou du trône du Saint-Esprit.
Ces flambeaux laissent après eux, pour briller sans cesse dans la
succession des siècles, sept longues traînées de lumière colorée,
qui sont comme les sept couleurs de l'arc-en-ciel. Ces traînées de
lumière forment autant de longues banderoles ou flammes, s'é-
tendant et flottant au-dessus de la tête des personnages de la procession, et leur servant à la fois de dais protecteur et de guide
pour les maintenir dans la voie du salut.

6   Et voici qu'une lueur subite parcourut,
      Par toutes ses parties, la grande forêt,
    Telle que je doutai si ce n'était pas un éclair...

15   Un peu plus loin, sept Arbres d'or
      Semblaient paraître, d'après le long espace
    Qui était encore entre eux et nous.

16   Mais lorsque je fus si rapproché d'eux
      Qu'un simple objet qui trompait le sens
    Ne pouvait plus, par la distance, dénaturer son être,

17   La faculté, qui amène à la raison l'expression,
      Reconnut en eux des Candélabres,
    Et l'Hosannah, dans les voix chantantes.

18   D'en haut ce beau lustre flamboyait
      Beaucoup plus que la lune dans son clair
    Au milieu de la nuit, au milieu de son mois...

22   Alors, les suivant comme leurs guides, je vis des gens
      Venir après, vêtus de blanc
    D'une blancheur comme jamais il n'en fut ici-bas...

25   Et je vis les flammes, allant en avant,
      Laisser derrière elles l'air coloré,
    Et ressembler à des traits de pinceau ;

26   De sorte qu'au-dessus l'air resta peint
      De sept bandes, toutes des couleurs
    Dont Phébus fait son arc et Délie sa ceinture.

27   Les Étendards s'étendaient, en arrière, plus loin
      Que ma vue, et, à mon jugement,
    Dix pas séparaient ceux d'en dehors.

III.

Après la manifestation du Saint-Esprit, qui, depuis l'origine, s'est faite d'une manière *immédiate*, à l'humanité, par les Sept Dons spirituels, viennent dans l'histoire, comme manifestation *médiate* ou faite sous l'inspiration du Saint-Esprit, la *Loi* et les *Prophètes*, qui, dans la vision, sont figurés par des personnages représentant les auteurs inspirés des livres de l'Ancien Testament. D'après la division de ces livres au nombre de *vingt-quatre*, telle qu'elle a été adoptée par saint Jérôme, ces écrivains sacrés marchent, dans la procession, également au nombre de vingt-quatre. Dante voit venir, après les sept Candélabres, vingt-quatre vieillards, guidés et inspirés par les flammes qui flottent au-dessus de leurs têtes. Ils marchent sous le dais, deux à deux; leurs vêtements sont blancs, indiquant symboliquement leur foi pure et éclatante; ils portent des couronnes de fleurs de lis, symbole de leur pureté morale. Tous chantent prophétiquement les beautés de la Vierge, annonçant ainsi l'Évangile, dont ils ne sont, eux, que les préparateurs et les précurseurs.

> 28   Sous ce ciel si beau, à ce que j'ai compté,
>   Vingt-quatre Vieillards, deux à deux,
>   S'avançaient, couronnés de fleurs de lis.
> 29   Tous chantaient : « Bénie sois-tu
>   « Entre les filles d'Adam! et bénies
>   « Soient éternellement tes beautés ! »

IV.

Le double gouvernement chrétien, l'Empire et la Papauté, sont, selon Dante, le plus parfait des gouvernements, et Dieu a préparé celle-ci depuis le temps des Patriarches, et celui-là depuis la prise de Troie. Ce gouvernement parfait se compose de deux institutions, qui, bien que différentes entre elles par leur nature, sont toutes deux également sacrées; savoir, le pouvoir séculier, représenté par l'Empire romain, devenu plus tard le Saint-Empire romain germanique; et le pouvoir ecclésiastique, qui est représenté par la Papauté, telle que l'a voulue et conçue le Saint-

Esprit. L'Empire est institué pour maintenir l'ordre et la justice ; et, pour les maintenir, il doit user de la force du glaive. La Papauté doit ramener l'homme à l'innocence primitive par les moyens de la persuasion et de la charité. Ces deux pouvoirs, d'après la volonté de Dieu, sont tenus de se renfermer chacun dans ses attributions, et ne doivent pas empiéter l'un sur l'autre ; mais tous deux doivent tendre au même but, et imprimer à l'État et à l'Église une seule et même direction, celle qui est indiquée par les lumières des Sept Dons du Saint-Esprit.

Dans l'antiquité, l'État était représenté, symboliquement, par un navire dirigé par le gouvernail, d'où le gouvernement a tiré son nom. Au moyen âge, les républiques italiennes représentaient le gouvernement séculier par le symbole du char municipal, appelé *carroccio*, tandis que l'Église était figurée par l'emblème de l'arche de l'alliance. Ne pouvant pas, dans sa vision, représenter convenablement l'État par un navire, et voulant indiquer l'union étroite qui doit exister entre le gouvernement séculier et le gouvernement ecclésiastique, Dante a imaginé, pour désigner l'un et l'autre, un char triomphal, qui rappelle à la fois le carroccio municipal, emblème de la Cité et de l'Empire, et l'arche de l'alliance, symbole de l'Église et de la Papauté. La ligne médiane, comme dans le corps humain, divise le char en deux parties. La partie droite, le côté honorifique, figure l'Église ; la partie ou le côté gauche désigne l'État. Aussi, près de la roue droite, qui marque le mouvement de l'Église, se tiennent trois femmes, personnages qui représentent symboliquement les trois vertus théologales : la Foi, la Charité et l'Espérance. Près de la roue gauche, qui désigne le mouvement du pouvoir séculier, de l'État et de l'Empire, marchent les quatre vertus cardinales de la philosophie laïque, la Prudence, la Justice, la Force et la Tempérance.

Pour indiquer l'unité de direction qui doit être imprimée à l'État et à l'Église par le pouvoir séculier, de concert avec le pouvoir ecclésiastique, le char de l'État et de l'Église n'a qu'un timon, comme le navire n'a qu'un gouvernail ; de sorte que ce timon est le symbole de l'harmonie et de l'entente qui doivent exister entre l'un et l'autre pouvoir. Le gouvernement devant surtout être inspiré par la sagesse, le timon du char de l'État et de l'Église est fait, d'après Dante, du bois pris de l'arbre de la science, qui est placé au Paradis terrestre.

Si Dante avait pu représenter l'État et l'Église, comme on le fait ordinairement, par la figure symbolique d'un navire, il aurait aussi attribué le pouvoir dirigeant ou le gouvernement à une personne symbolique tenant le gouvernail. Mais ayant dû choisir pour emblème de l'État et de l'Église, au lieu d'un navire, un char triomphal, il fallait aussi choisir, au lieu d'une personne tenant le gouvernail, une bête symbolique attelée au timon, et non-seulement traînant, mais dirigeant aussi ou gouvernant le char.

Pour désigner symboliquement l'opposition qui existe entre nos passions et notre intelligence, le philosophe Platon imagine que le char de la nature humaine est attelé de deux coursiers, dont l'un tend sans cesse à monter au ciel, et l'autre à descendre à terre. Voulant au contraire énoncer que le pouvoir séculier et le pouvoir ecclésiastique, malgré leur différente nature, doivent être unis de volonté, afin d'imprimer à l'État et à l'Église une seule et même direction, Dante a imaginé, pour désigner symboliquement cette unité d'impulsion et de gouvernement, que le char est attelé, non pas de deux bêtes différentes de tendance, mais d'une seule, ayant une volonté unique, et dirigeant, d'après elle, le char de l'État et de l'Église. Cependant, comme l'Empire et la Papauté, bien qu'unis d'intention et de volonté, ont l'un et l'autre une nature individuelle, Dante, pour indiquer à la fois cette unité d'âme ou de volonté, et cette dualité des natures, a choisi pour symbole un animal fabuleux, le *griffon*[1], qui, ayant la tête et les ailes d'un oiseau ou d'un aigle, et le poitrail et les jambes d'un quadrupède ou d'un lion, représente bien une seule volonté dans un corps biforme, et, par suite, l'entente du gouvernement impérial avec le gouvernement papal pour diriger dans le même sens l'État et l'Église. Le gouvernement impérial est symbolisé dans ce griffon

[1] Chose incroyable! depuis le XIVᵉ siècle jusqu'à nos jours, les commentateurs expliquent le griffon de la vision comme désignant *Jésus-Christ*, ayant deux natures, une nature divine et une nature humaine!

par ses membres d'aigle; et, comme l'Empire a la splendeur et
la richesse mondaines, la tête et les ailes d'aigle du griffon sont
faites d'or. La Papauté, au contraire, n'a que la foi pure et la charité ardente, dont l'une est représentée symboliquement par la
couleur blanche, et l'autre par la couleur rouge. Aussi le poitrail
et les jambes du griffon sont-ils faits d'une pierre précieuse, la
calcédoine, qui, comme l'indiquent son ancien nom de *carnéole*,
lequel signifie *incarnat*, et son nom hébraïque de *ódèm*, qui signifie *rougeâtre*, a une couleur également mélangée de blanc et
de rouge.

Comme le gouvernement impérial et le gouvernement papal
doivent ensemble diriger l'État et l'Église dans la voie du Saint-
Esprit, indiquée par les banderoles des sept Candélabres, le
Griffon, levant ses ailes déployées au-dessus de sa tête, marche
sous le dais formé par ces banderoles ou flammes célestes, qui
lui servent à la fois de lisières et de guides; et, pour qu'il ne
dévie ni à droite ni à gauche, ses deux ailes élevées longent des
deux côtés, en la dépassant en hauteur, la quatrième banderole
ou celle du milieu, de sorte que, dans son mouvement progressif
ou historique, le Griffon marche comme dans des coulisses, ayant
entre ses ailes la flamme médiane qui lui trace la direction à
suivre, et évitant de toucher, de traverser ou de couper avec ses
ailes, par un mouvement fait hors de cette direction tracée, cette
lisière dirigeante du milieu, et les six autres flammes, dont trois
sont à sa droite et trois à sa gauche.

36   L'espace entre eux quatre renfermait
            Un char de triomphe, sur deux roues,
        Qui avançait tiré au collier par un Griffon
37   Et celui-ci élevait l'une et l'autre aile
            Entre la bande médiane et les trois-ci et les trois-là,
        Si bien qu'en les frôlant il n'en endommageait aucune.
38   Tant elles s'élevaient qu'on les perdait de vue!
            Il avait les membres d'or, en tant qu'oiseau;
        Les autres étaient blancs, mélangés de vermeil...
41   En rond, près de la roue droite, trois Dames
            S'avançaient dansant; l'une si rouge
        Qu'à peine on l'eût distinguée dans le feu.

12   L'autre était comme si les chairs et les os
        Eussent été faits d'émeraude ;
        La troisième semblait de la neige fraîchement tombée.

13   Et tantôt elles paraissaient conduites par la blanche,
        Tantôt par la rouge ; et, d'après le chant de celle-ci,
        Les autres réglaient leurs pas ou lents ou rapides.

14   A gauche, menaient leur danse quatre autres,
        Vêtues de pourpre, et se réglant
        Sur l'une d'elles qui avait trois yeux à la tête.

V.

En dehors de la Chrétienté ou de l'État et de l'Église, représentés par le char, ou en dehors du gouvernement impérial et du gouvernement papal, représentés par le Griffon, il y a, dans l'histoire, les peuples non chrétiens et leurs gouvernements. Guidé par l'analogie avec les quatre Monarchies, qui, d'après la vision de Daniel, sont symbolisées par quatre Bêtes, Dante imagine également les peuples non chrétiens ou leurs gouvernements, au nombre de quatre. Il symbolise ces gouvernements par quatre Chérubins, qui sont les anges, les ministres ou les envoyés de Dieu auprès des infidèles, et représentent par leur quadruple figure, ou par leurs membres d'homme, de lion, d'aigle et de bœuf ; les quatre vertus de la philosophie mondaine, dont s'inspirent ces gouvernements païens, placés en dehors de l'inspiration du Saint-Esprit. Ces Chérubins ont trois paires d'ailes, désignant le sacerdoce, la prophétie et la vision ; qui sont les seuls moyens par lesquels les gouvernements et les peuples non chrétiens peuvent s'élever quelque peu au ciel ou au-dessus des intérêts mondains. N'étant pas dirigés par les Sept Dons du Saint-Esprit, les Chérubins, ou les gouvernements non chrétiens qu'ils représentent, ne marchent pas, comme le gouvernement impérial et papal représenté par le Griffon, sous le dais céleste ; et ils ne sont pas maintenus dans la voie de la justice et de la vérité par la flamme médiane ; ils ne peuvent que régler leur marche sur la marche du Griffon. C'est pourquoi Dante les voit placés en dehors des sept banderoles, et marchant, deux à deux, en avant et en arrière du Char, qui avance au milieu du carré formé par eux [1].

[1] Les Chérubins, symboles des gouvernements païens, correspondent, d'après

31   Comme à la lumière la lumière succède dans le ciel,
         Vinrent après eux quatre Animaux
         Tous couronnés de vert feuillage ;
32   Chacun était empenné de six ailes
         Aux plumes pleines d'yeux ; et les yeux d'Argus,
         S'ils étaient vivants, seraient comme eux.
33   L'espace entre eux quatre renfermait
         Un char de triomphe, etc.

VI.

Le Char de l'État et de l'Église de la Chrétienté est suivi de près par sept Personnages marchant sous le dais céleste et guidés par les banderoles du Saint-Esprit ; ce sont les sept Écrivains sacrés principaux du Nouveau Testament ; savoir, Luc, l'historien de l'Évangile, depuis son origine jusqu'à la fondation de l'Église chrétienne ; il est accompagné de Paul, le fondateur des premières communautés chrétiennes chez les païens. Puis viennent l'évangéliste Matthieu, accompagné de l'épistolographe Pierre, et l'évangéliste Marc, marchant avec l'épistolographe Jacques. Le dernier écrivain sacré de ce groupe est Jean, l'auteur de l'Apocalypse, des épîtres et de l'Évangile qui portent son nom ; il marche entièrement absorbé dans ses méditations et ses visions. Tous ces personnages sont habillés de blanc comme les écrivains sacrés de l'Ancien Testament, ce qui indique qu'ils ont, comme eux, la foi éclatante et les mœurs pures ; mais au lieu de porter, comme eux, des couronnes de lis, symboles de l'innocence et de la foi, ils

la fiction de Dante, au Griffon, symbole du gouvernement de la chrétienté. Étymologiquement, les Chérubins correspondent également (ce que du reste Dante ne soupçonnait pas) aux Griffons, qui, dans l'origine, étaient identiques avec eux. En effet, le nom hébraïque de *cheroub*, emprunté à la langue et à la mythologie assyriennes, était identique au mot perse que les Grecs ont rendu par le nom de *grups*. Le nom de *grups* ou *gryps,* dont dérive, dans les langues romanes, celui de *griffon,* était probablement aussi identique avec le nom de *qaroudas,* qui, en sanscrit, signifiait *ailé* ou *oiseau,* et désignait, dans la mythologie indienne l'oiseau merveilleux que les Persans ont indiqué, plus tard, sous le nom de S' mourg (Çimourh). Cet oiseau est même devenu le symbole de Dieu dans la philosophie mystique des Soufis. (Voy. *La Poésie philosophique et religieuse chez les Persans, etc.* par M. Garcin de Tassy.)

portent des couronnes de roses, symboles de la charité active.
Tous portent sur le front l'auréole de l'inspiration.

45 Après tout ce groupe décrit,
  Je vis deux Vieillards différents de vêtements
  Mais pareils d'attitude vénérable et de calme.

46 L'un se montrait comme un des familiers
  De ce grand Hippocrate que la Nature
  Fit pour les animaux qui lui sont le plus chers ;

47 L'autre montrait une disposition contraire,
  Armé d'une épée brillante et aiguë,
  Telle qu'en deçà du ruisseau j'en eus peur.

48 Puis j'en vis quatre d'humble apparence,
  Et, derrière tous, un Vieillard seul
  Venir, dormant, avec la figure inspirée.

49 Et ces sept, comme le premier groupe,
  Étaient vêtus : pourtant de lis
  Ils n'avaient pas de couronne autour de la tête,

50 Mais de roses et d'autres fleurs vermeilles :
  Les voyant d'un peu loin, on aurait juré
  Que tous étaient ardents au-dessus des sourcils.

VII.

Dans les premiers siècles, le gouvernement impérial et papal
se montre dans toute sa beauté et toute sa grandeur. Les anges
et les saints se trouvent dans le Char de l'État et de l'Église, et
rendent hommage, par leur charité et leur foi, au génie du christianisme, représenté par Béatrice, qui se trouve au milieu d'eux.
Dante a compris que tout dans l'histoire, depuis les commence-
ments, n'a été que la préparation de ce gouvernement suprême.
Il voit les écrivains de l'Ancien Testament se retourner vers l'a-
venir qui les suit, et préconiser Béatrice, le Génie du christianisme. Mais tout à coup la procession s'arrête, ce qui signifie que
le gouvernement de l'Empereur et du Pape a atteint, dans l'histoire le point culminant de sa beauté et de sa gloire, et que dorénavant le Char de l'État et de l'Église ne fera plus de progrès,
mais qu'il rétrogradera, ou que l'État et l'Église se dégraderont.
C'est à ce moment d'arrêt, qui permet à Dante un examen historique plus approfondi, que lui apparaît dans toute sa beauté

Béatrice, ou le Génie du christianisme. Il reconnaît combien il
avait eu tort de chercher, en dehors de Béatrice, le salut moral,
social et politique, pour lui-même et pour ses contemporains. Re-
placé par cette vision en présence de Béatrice, qu'il avait aimée
dans sa jeunesse, mais qu'il avait abandonnée pour d'autres sys-
tèmes moraux et politiques, il reconnaît ses erreurs et en fait sa
confession sincère. Dans cette confession solennelle de Dante, il
ne s'agit pas, comme on l'a cru jusqu'ici, d'erreurs ou de pecca-
dilles et d'infidélités de sa part en fait d'amour physique. Béatrice
n'est pas ici, comme presque tous les commentateurs le pensent,
la fille de Folco Portinari, l'objet de l'amour de Dante dans sa
jeunesse, une amante ordinaire, jalouse et grondeuse; elle est ici
la transfiguration de cette fille terrestre, elle est le Génie sublime
du christianisme, le reflet de la Très-Sainte-Trinité. Dante n'est
pas non plus représenté ici, ainsi qu'on l'a cru généralement,
comme un amant volage, un homme livré à de vulgaires passions, à des péchés condamnables; il est, au contraire, l'homme
juste et innocent, qui a conscience de sa justice et de son innocence, qui, après avoir été purifié de tout péché, a été jugé
digne d'entrer au Paradis terrestre, séjour de la justice et de l'innocence, et qui pour cela a été déclaré, même avant sa confession, n'avoir plus besoin ni de pape ni d'empereur, étant arrivé
à pouvoir être à lui-même et son propre pape et son propre empereur. Ce n'est pas en cette qualité et avec ce caractère[1], ce n'est
pas au Paradis terrestre, ce n'est pas dans ce moment solennel,
que Dante aurait pu songer à faire ici, en amant vulgaire, la confession de ses infidélités en amour; il a des choses beaucoup plus
importantes à confesser; il confesse ses erreurs en philosophie et

---

[1] Si les commentateurs prétendent, contrairement à la vérité, que Dante était
orgueilleux, avaricieux et *luxurieux*, et qu'il avait lui-même conscience de ses dispositions à ces péchés, cela vient de ce qu'ils interprètent faussement *le lion, la
louve* et *la panthère*, qui figurent au premier chant de l'*Inferno*, comme signifiant
l'orgueil, l'avarice et *la luxure*. Est-il donc si difficile de comprendre que ces animaux symboliques ne signifient autre chose que le parti *français*, le parti de la
cour de *Rome*, et les partis de *Florence*, les Blancs et les Noirs? Voy. *Dante et sa
Comédie*, p. 12.

en politique, qui l'ont empêché de reconnaître où se trouvait le
véritable salut moral, social et politique, pour lui-même, pour
l'Italie et pour ses contemporains. Après sa confession, qu'il a
faite en présence de Béatrice ou de la Conscience chrétienne,
Dante obtient l'absolution plénière, qui, après les erreurs et les
troubles de son esprit, lui rend la paix et le bonheur de l'âme.
Pour qu'il oublie entièrement ses anciennes erreurs, cause de ses
tourments, il est plongé dans le fleuve du Léthé (oubli) par *Mathilde*[1], qui est le symbole du bonheur de l'innocence dont les
hommes ont joui, dans l'origine, au Paradis terrestre. Il passe
ensuite des mains des quatre Vertus philosophiques dans celles
des trois Vertus théologales, qui lui font voir les yeux de Béatrice,
c'est-à-dire la lumière essentielle, et la pensée intime du christianisme. C'est dans les yeux de Béatrice, où se reflète l'image du
Griffon, symbole du véritable gouvernement terrestre, tantôt
quant à sa nature de quadrupède ou de pouvoir spirituel, tantôt
quant à sa nature d'aigle ou de pouvoir séculier, que Dante sur-
prend le secret du vrai gouvernement, et saisit les rapports qui
doivent unir ensemble le pouvoir impérial et le pouvoir ecclésiastique.

> 51   Et quand le char fut vis-à-vis de moi,
>> Un tonnerre fut ouï, et ces dignes Personnages,
> Paraissant avoir défense d'aller outre,
> S'arrêtaient là avec les premières Enseignes.

Canto XXX.

> 1   Lorsque le Septentrion du premier Ciel,
>> Qui ne connut jamais ni coucher ni lever,
> Ni d'autres nuages que ceux du péché,

---

[1] Cette Mathilde du Paradis terrestre n'a rien de commun avec la grande com-
tesse Mathilde, qui a laissé par donation au Saint-Siége ses vastes possessions,
et que, pour cette raison, Dante a dû considérer comme la cause indirecte de la
décadence du gouvernement papal. Mathilde était une demoiselle de Florence,
amie de Béatrice; et, de même que Dante a fait de Béatrice la personnification
du Génie du christianisme, de même il a aussi fait de son amie Mathilde la personnification du Bonheur de l'innocence. (Voy. *Dante et sa Comédie*, p. 9.)

2   Et qui, là, instruisait chacun de son devoir
        (Comme le nôtre, moins élevé, dirige celui
    Qui tient le gouvernail pour arriver au port),

3   Se fut arrêté, la Gent infaillible,
        Venue la première entre le Griffon et lui,
    Se tourna vers le Char comme vers sa paix,

4   Et l'un d'eux, comme envoyé du ciel,
        S'écria : *Veni, sponsa de Libano!*
    En chantant trois fois, et tous les autres après.

5   Tels qu'au dernier appel, les Bienheureux
        Se lèveront soudain, chacun de sa tombe,
    Chantant l'Alleluia d'une voix qu'ils auront reprise,

6   Tels, sur la divine basterne,
        Ad vocem tanti senis,
    Se levèrent cent Ministres et Apôtres de la vie éternelle ;

7   Tous disaient : *Benedictus qui venis!*
        Et, d'en haut et à l'entour jetant des fleurs,
    Manibus o date lilia plenis!...

11 Sous un voile blanc, et ceinte d'olivier,
        Avec un manteau vert, une Dame m'apparut
    En robe couleur de flamme vive;

12 Et mon esprit, bien qu'un long
        Temps se fût passé, qu'en sa présence
    Tremblant, il n'avait éprouvé la stupeur

13 (Sans davantage la reconnaître des yeux),
        Par une vertu occulte, qui d'elle émana,
    De l'ancien amour sentit la grande puissance...

20 Comme un amiral, qui de la poupe à la proue
        Vient inspecter la gent qui sert
    Sur d'autres vaisseaux, et l'encourage à bien faire,

21 A la gauche du Char...

22 Je vis la Dame, qui déjà m'était apparue,
        Cachée sous l'aspersion angélique,
    Diriger vers moi les yeux, d'au delà du ruisseau...

34 Elle cependant, immobile, sur le côté indiqué
        Du Char, debout, aux Substances bénignes
    Adressa ses paroles de la sorte :

39 « Celui-ci, dans sa vie nouvelle, fut tel
        « Virtuellement que toute habitude droite
    « Aurait donné en lui d'admirables preuves,..

42 « Mais sitôt que je fus sur le seuil
        « De mon second âge, et que je changeai de vie,
    « Celui-ci se sépara de moi et se donna à d'autres...

48   « Le haut décret de Dieu serait rompu
      « Si l'on passait le Léthé, et que d'une telle nourriture
      « On goutât, sans avoir payé l'écot
49   « Du repentir, qui verse des larmes... »

Canto XXXI.

8   Alors Elle à moi : « A l'encontre de mes désirs
      « Qui te menaient à aimer le bien
      « Au delà duquel il n'est rien à quoi l'on aspire,
9   « Quels fossés opposés ou quelles chaines
      « As-tu trouvées, que de passer au delà
      « Tu dusses ainsi perdre l'espérance?... »
12   Pleurant je dis : « Les choses présentes,
      « Avec leurs faux plaisirs, détournèrent mes pas.
      « Sitôt que votre visage s'est caché... »
30   Un remords si vif me déchira le cœur
      Que je tombai vaincu...
31   Puis, quand le cœur me rendit les sens extérieurs,
      La Dame que j'avais trouvée seule.
      Je la vis au-dessus de moi ; elle me dit : « Tiens-moi, tiens-moi!... »
34   La belle Dame ouvrit les bras,
      M'embrassa la tête, et me plongea
      Où il convenait que je busse l'eau ;
35   Ensuite elle me retira et m'introduisit, ainsi baigné,
      Dans la danse des quatre Belles,
      Et chacune d'un bras m'enlaça.
36   « Ici Nymphes nous sommes, et dans le ciel Étoiles nous sommes ;
      « Avant que Béatrice descendit dans le monde
      « Nous lui fûmes destinées pour servantes :
37   « Nous te mènerons devant ses yeux ; mais pour l'agréable
      « Lumière, qui est en eux, les tiens seront aiguisés
      « Ci près par les Trois, qui voient plus profondément. »
38   Ainsi d'abord elles chantèrent, et puis
      Me menèrent au poitrail du Griffon,
      Où Béatrice, debout, était tournée vers nous...
40   Mille désirs plus ardents que la flamme
      Lièrent mes yeux à ses yeux reluisants,
      Qui demeuraient fixés sur le Griffon.
41   Comme le soleil dans le miroir, tout ainsi
      La Double-Bête rayonnait dedans
      Tantôt avec tels gestes, tantôt avec d'autres.

42   Pense, lecteur ! si je m'étonnais
        En voyant la Bête ainsi immobile en soi,
        Et se transformer dans son image.

VIII.

Le gouvernement impérial et le gouvernement papal, après avoir atteint leur apogée, n'avancent plus dans l'histoire; dorénavant ils ne font plus que reculer et dégénérer. Aussi Dante voit-il la procession, après s'être arrêtée pendant quelque temps, faire demi-tour à droite, et se replier successivement en arrière, en suivant un chemin parallèle à celui par lequel elle était arrivée. Le Char de l'État et de l'Église tourne également à droite, et suit la tête de la colonne. Ce Char est encore traîné et dirigé par le Griffon; mais déjà ce pouvoir dirigeant ne remue plus ses ailes, il n'a plus le frémissement de l'inspiration du Saint-Esprit. Cependant Béatrice, le Génie du christianisme, reste encore, pour quelque temps, assise dans le Char du gouvernement. Le Griffon dirige ce Char vers l'Arbre de la science, qui, depuis la désobéissance et la chute d'Adam, est resté dépouillé de feuilles, de fleurs et de fruits, comme frappé de malédiction. Mais cet arbre garde encore l'écorce sous laquelle se conserve sa séve primitive. Les anges tutélaires de l'État et de l'Église louent le Griffon, c'est-à-dire le gouvernement impérial et papal, de n'avoir pas endommagé cette écorce ou de ne s'être pas attaqué à la science ou à ceux qui la cultivaient. Le Griffon, qui sait que la vraie Science conduit à la vraie Foi, et qu'elle sera sous peu, pour le gouvernement séculier et ecclésiastique, le seul moyen de distinguer le bien et le mal, répond aux louanges qu'on lui donne que c'est dans cette science que se conserve la semence de la justice gouvernementale de l'Empire et de la Papauté. Dorénavant la direction, moyennant la Science, remplacera l'Empire et la Papauté dégénérés, qui vont disparaître. Aussi Dante voit il, dans sa vision, que le Griffon ne continue plus à diriger le Char dont Béatrice vient de descendre; mais, s'étant arrêté et retourné, l'Animal biforme attache le timon du Char au tronc de l'Arbre de la science, du bois duquel ce timon était fait. Dès ce moment le Char reste immobile; car l'État et l'Église sont sans gouvernement; mais l'Arbre de la science reverdit et bourgeonne, et la séve monte dans ses branches, qui ont cela de particulier que, plus elles s'élèvent plus elles s'élargissent, ce qui indique que, plus la science grandit, plus elle devient compréhensive, et que, plus l'Empire et la Papauté se développent, plus leur science doit être étendue. A défaut de gouvernement la Science, par la distinction du bien et du mal, soutient encore l'État et l'Église. Mais à la vue de ce changement qui s'est opéré dans le régime politique de la Chrétienté, Dante ne comprend plus rien au gouvernement, qui n'est plus, comme autrefois, dirigé par le Saint-Esprit; son intelligence se trouble, s'obscurcit; il tombe dans le sommeil. Lorsque, quelque temps après, Dante se réveille, il retrouve Béatrice; mais elle est descendue du Char, que ne dirige plus le Griffon, ce qui veut dire que le Génie du christianisme a quitté l'État et l'Église, qui dès lors ne sont plus gouvernés d'en haut. Béatrice est assise au pied de l'Arbre de la science, dont l'inspiration supplée seule au manque de gouvernement. Elle est l'unique gardienne veillant au salut de l'État et de l'Église. Auprès d'elle sont ses servantes, les trois Vertus théologales et les quatre Vertus philosophiques, tenant, toutes les sept, dans leurs mains, les sept Candélabres, qui, antérieurement, avaient dirigé la marche de la procession. Le Génie du christianisme, la science théologique et philosophique et les grâces du Saint-Esprit sont donc maintenant, en l'absence du vrai gouvernement impérial et papal, les seuls gardiens de la Chrétienté.

De même qu'au siècle d'airain Astrée ou la Justice, quittant la terre, où elle avait séjourné dans le siècle d'or et le siècle d'argent, s'en retourna au ciel, d'où elle était descendue, de même le Griffon, le véritable guide du gouvernement impérial et papal, s'en retourne maintenant au ciel avec son cortége formé des Écrivains sacrés de l'Ancien et du Nouveau Testament. Le vrai Empire, le vraie Papauté n'existent donc plus sur la terre; seulement l'État et l'Église sont encore gardés par le Génie du christianisme et par les hommes qui, comme saint Bernard, saint Dominique et saint François, ont reçu les lumières de la science théologique et philosophique, ainsi que les dons du Saint-Esprit.

CANTO XXXII.

6   Je vis ayant tourné à droite
        La glorieuse Armée, et s'en retourner
    Ayant le soleil et les sept Flammes en face.

7   Comme, sous les boucliers, pour se sauver,
        Une bande tourne et retourne avec son drapeau
    Avant qu'elle puisse entièrement changer de direction,

8   Ainsi cette Milice du céleste Empire
        Qui précédait, défilait toute
    Avant que le timon eût tourné le Char.

9   Puis, près des roues, se replacèrent les Dames,
        Et le Griffon mut le Char béni,
    De manière cependant qu'aucune penne ne s'agita.

10   . . . . Nous suivions la roue
    Dont l'orbite traça le plus petit cercle...

12   Peut-être en trois volées, une flèche délivrée
        Mesure autant d'espace que nous en avions
    Parcouru quand Béatrice descendit.

13   Je les ouïs tous murmurer : « Adam ! »
        Puis ils entourèrent un Arbre dépouillé
    De fleurs et de feuillage en tous ses rameaux.

14   Sa ramure, qui s'étend d'autant plus
        Qu'elle s'élève plus haut, serait par les Indiens
    Admirée, dans leurs forêts, pour sa hauteur.

15   « Sois heureux ! Griffon ! qui n'enlèves rien
        « Avec le bec, de cet arbre doux au goût,
    « Car ensuite tristement se tord le ventre. »

16   Ainsi, autour de l'Arbre robuste,
        Crièrent les autres, et l'Animal biforme :
    « Ainsi se conserve la semence de toute justice. »

17   Et, tourné vers le timon, qu'il avait tiré,
        Il le traîna au pied de la ramure veuve,
    Et, ce qui en était pris, y laissa attaché...

20   Non pas tant de roses, mais de violettes
        Ayant pris la couleur, l'Arbre se raviva,
    Qui auparavant avait les rameaux si dépouillés...

24   Je passe au moment où je me réveillai...

29   Et plein de trouble je dis : « Où est Béatrice ? »
        Et Mathilde : « Vois-la sous le feuillage
    « Nouveau, assise sur sa racine.

30   « Vois la compagnie qui l'entoure :
        « Les autres, à la suite du Griffon, s'en vont en haut,
        « Avec un chant plus doux et plus mystérieux..... »
34   Seule Elle était assise sur la vraie terre
        Comme une garde laissée près du Char
      Que j'avais vu attacher par la Bête biforme.

IX.

La Justice et la Loyauté ne dirigeant plus le pouvoir séculier et ecclésiastique, la violence et la fraude pénètrent dans l'État et dans l'Église. Aussi Dante voit-il l'Aigle déchirer l'écorce et briser les feuilles et les fleurs nouvelles de l'Arbre de la science, ce qui signifie que le pouvoir impérial persécute les sages et les saints, qui, par leur vie studieuse et contemplative, ont fait reverdir l'arbre du Paradis terrestre. Il voit également la violence astucieuse, semblable à la tyrannie d'Hérode, le *renard*, et l'avidité astucieuse, semblable à celle des *renards* de la parabole qui dévastent la vigne du Seigneur, pénétrer, sous la forme d'une *renarde* maigre, dans le Char de l'État et de l'Église. Cependant le Génie du christianisme, Béatrice, qui garde ce Char délaissé, parvient encore à en chasser, par son ascendant, cet animal pernicieux. Mais le Pouvoir séculier devient cause d'un plus grand dégât; il porte le plus grand désordre dans l'Église par les riches donations qu'il lui fait; car, en augmentant par ces donations les richesses de l'Église, il lui fait oublier complétement la pauvreté et l'humilité, qui étaient jusqu'ici comme le fond de cette Arche sainte. Aussi l'esprit de Satan enlève-t-il ce fond spirituel, le remplaçant par des plumes, c'est-à-dire par des donations, des légèretés, des vanités et des futilités ou richesses mondaines. Dès lors Dante voit le Char de l'État et de l'Église, ou le gouvernement impérial et papal, se transformer et se dénaturer monstrueusement. En effet, le Char sacré, qui est attaché à l'Arbre de la science, fait sortir sur son timon trois têtes avec deux cornes, et, à chacun de ses quatre coins, une bête avec une corne; ce qui signifie qu'à la place d'un seul empereur on voit, dans le gouvernement de la chrétienté, quatre princes ayant la corne de la violence et de l'orgueil, et se disputant l'Em-

pire; et au lieu d'un seul pape on en voit surgir trois, portant
chacun une mitre à deux cornes.

37   Jamais d'un mouvement si rapide ne descendit,
        Quand il pleut, le feu d'un nuage épais
    Du point du ciel le plus éloigné,

38   Que je vis fondre l'Oiseau de Jupiter
        En bas de l'Arbre, emportant même l'écorce,
    Et non-seulement les fleurs et les feuilles nouvelles.

39   Et, de toute sa force, il frappa le Char
        Qui ploya comme un navire en danger,
    Submergé par l'onde, tantôt à tribord, tantôt à bâbord.

40   Ensuite je vis se précipiter, dans la caisse
        Du véhicule triomphal, une Renarde,
    Qui paraissait à jeun de toute bonne pâture.

41   Mais, en lui reprochant ses laides coulpes,
        Ma Dame la fit fuir aussi vite
    Que le permirent ses os décharnés.

42   Ensuite, par où d'abord il était venu,
        Je vis l'Aigle descendre dans l'arche
    Du Char, et la laisser jonchée de plumes.

43   Et telle qu'elle sort d'un cœur qui s'afflige,
        Telle sortit une voix du ciel, et ainsi disait :
    «O ma nacelle ! comme tu es mal chargée ! »

44   Puis il me semblait que la terre s'ouvrait
        Entre les deux roues, et j'en vis sortir un Dragon,
    Qui à travers le Char enfonça sa queue soulevée.

45   Et comme une guêpe qui retire l'aiguillon,
        Ainsi ramenant à soi sa queue maligne
    Il arracha partie du fond, et s'en alla tout joyeux.

46   Ce qui en resta, comme de gazon
        Une terre vivace, ainsi de plumes (offertes
    Peut-être avec une intention pure et bonne)

47   Se recouvrit, et en furent recouverts
        L'une et l'autre roue et le timon, en moins de temps
    Qu'un soupir ne tient la bouche ouverte.

48   Ainsi transformé le saint Édifice
        Fit sortir, sur ses parties, des têtes,
    Trois sur le timon, et une à chaque coin.

49   Les premières étaient cornues, comme des bœufs;
        Mais les quatre avaient une seule corne au front;
    Pareil monstre n'a jamais été vu.

X.

La Papauté, symbolisée par la Louve romaine, au lieu d'être la légitime épouse de l'Empire, ne reste pas fidèle à l'Empereur, mais devenant *louve*, dans un autre sens, elle se prostitue aux différents princes et aux différents partis politiques, principalement aux rois de France et à leur parti en Italie. Lorsqu'un jour elle s'avise d'intriguer avec le parti florentin, représenté par Dante, ambassadeur de la commune de Florence, le parti français, dans sa jalousie, maltraite la cour de Rome et parvient, par ses violences, à enlever enfin complétement le Char défiguré, ce simulacre monstrueux qui restait encore de l'ancien gouvernement impérial et papal.

50 Orgueilleuse, comme une forteresse sur une haute montagne,
    Assise dessus, une prostituée débraillée
  M'apparut promenant vite son regard tout autour ;
51 Et comme veillant pour qu'elle ne lui fût enlevée
    Je vis debout, à son côté, un Géant :
  Et tous deux se baisaient de temps en temps.
52 Mais lorsque son regard avide et vagabond
    Se tourna vers moi, cet amoureux féroce
  La flagella de la tête aux pieds.
53 Ensuite, plein de soupçon et âpre de colère,
    Il détacha le Monstre et le traîna par la forêt
  Tant qu'enfin elle devint pour moi un bouclier
54 Contre la Prostituée et cette nouvelle Bête...

XI.

Le vrai pouvoir impérial et papal a disparu complétement de la Chrétienté ; tel était, au jugement de Dante, l'état de l'Empire et de l'Église de son temps ; mais cet état ne durera pas. Aussi la vision de Dante se termine-t-elle par une prédiction faite par Béatrice, le Génie du christianisme, dont la puissance finira par prévaloir contre le système pernicieux suivi par les gouvernements chrétiens. Béatrice prédit avec assurance le rétablissement de l'ancien Empire et de la véritable Papauté. D'abord, dit-elle, l'Empire ne sera pas toujours sans héritiers dignes de leur mission divine, et ensuite Dieu et l'Empereur chargeront un Prince italien de ra-

mener la Papauté à sa vraie nature, en lui enlevant les donations
et son pouvoir séculier, qui ont été la cause de sa décadence et de
sa chute. Le prince, qui, dans l'opinion de Dante, sera sous ce
rapport le Sauveur de l'Italie, ainsi que le Restaurateur du véritable gouvernement impérial et papal, est le seigneur de Vérone
Can (Chien) *della Scala,* surnommé *le Grand* (Grande). Ce prince,
dont Dante, qui avait vécu pendant quelque temps à sa cour,
connaissait les qualités éminentes et les bonnes dispositions politiques, et dont il avait conçu de grandes espérances pour la réali-
sation de son idéal gouvernemental, était encore bien jeune à l'é-
poque où le poëte composa cette vision ou prophétie. Dante lui
avait déjà attribué le rôle politique de Sauveur de l'Italie dans le
premier chant de l'Enfer, où il a désigné ce prince sous le nom
de *Lévrier* (Veltro), c'est-à-dire de *Chien de chasse* (Can), qui chas-
sera la *Louve,* ou Rome en tant que puissance séculière, de ses
provinces ou possessions situées entre *Feltro,* ville de la Marche
de Trévise, et le mont *Feltro,* dans la Romagne. C'est aussi à ce
seigneur que Dante a dédié, comme suprême expression de son
estime et de ses espérances, la dernière partie de son poëme, le
Paradis. Dans la prophétie qui termine ici la vision de Dante,
Béatrice désigne ce prince sous le nom latin *énigmatique* [1] de *Dux*
(Duc), parce que Can della Scala avait été nommé par l'Empereur Duc ou Représentant de l'Empire en Italie, et elle désigne
ce nom de *Duc* (D. V. X) d'une manière plus énigmatique encore
par l'expression de *Cinq-Cent-Dix-Cinq* (D. X. V.) énonçant la
valeur numérique des lettres D V X, dont se compose ce mot.
Dante mourut sans avoir vu se réaliser, de son vivant, les espérances qu'il avait conçues de *Can Grande.* Ce prince ne les réalisa
pas même, plus tard, après la mort de l'illustre poëte. Mais du
moins Dante mourut, sur la terre d'exil, avec la ferme conviction
que l'Italie sera sauvée lorsqu'elle aura été ramenée aux vrais principes du gouvernement séculier et ecclésiastique, lorsque le vrai
Griffon reviendra de nouveau, du ciel sur la terre, diriger, sous la

---

[1] Voyez, sur le langage énigmatique usité dans les prophéties, *Les Chants de
Sôl,* p. 161.

conduite et l'inspiration du Saint-Esprit, le Char sacré de l'État
et de l'Église.

Canto XXXIII.

1   « Deus, venerunt gentes, » ainsi alternant,
     Tantôt trois, tantôt quatre, les Dames
Commencèrent, en pleurant, cette douce psalmodie.

2   Et Béatrice, soupirant avec compassion,
     Les écoutait, si défaite que, pas beaucoup
Plus, sous la croix, Marie n'était altérée.

3   Mais lorsque les autres Vierges donnèrent lieu
     A Elle de parler, se levant droite sur ses pieds,
Et colorée comme le feu, elle répondit :

4   *Modicum, et non videbitis me;*
     Et iterum, mes chères sœurs!
Modicum, et vos videbitis me.

5   Puis elle mit devant elle toutes les Sept,
     Et après elle, seulement en faisant un signe, elle fit marcher
Moi et la Dame. . . . .

6   Ainsi allait-elle; et je ne crois pas qu'elle eût
     Posé à terre son dixième pas,
Quand de ses yeux elle frappa mes yeux. . .

11   Et Elle à moi : « De crainte et de honte
     « Je veux que désormais tu te dépouilles,
« De sorte que tu ne parles plus comme un homme qui rêve.

12   « Sache que le Vaisseau que le Serpent a brisé
     « Fut et n'est plus : mais que celui qui en a la coulpe, apprenne
« Que la vengeance de Dieu ne craint pas la soupe.

13   « Il ne sera pas toujours sans héritier
     « L'Aigle qui, dans le Char, laissa les plumes,
« Par quoi il devint un monstre et puis une proie;

14   « Car je vois certainement (et pour cela je l'annonce)
     « Déjà tout proches, pour en donner le temps, des étoiles
« (Dégagées de tout obstacle et de tout empêchement),

15   « Où un Cinq-Cent-Dix-Cinq,
     « Envoyé de Dieu, détruira la Prostituée
« Et le Géant qui péchait avec elle. . .

18   « Toi, note! et telles que par moi sont énoncées
     « Ces paroles, enseigne-les à ceux qui vivent
« De cette vie, qui est une course à la mort.

19   « Et souviens-toi, quand tu les écriras,
     « De ne pas cacher ce que tu as vu de l'Arbre
« Qui, pour la deuxième fois, a été ici dépouillé.

20 « Quiconque le dépouille ou le brise,
  « De fait et avec blasphème, offense Dieu
  « Qui seulement pour l'usage divin le créa sacré.
21 « Pour l'avoir mordu, dans la peine et l'attente
  « L'âme première, pendant cinq mille ans et plus
  « A aspiré vers Celui qui, sur soi, a puni la morsure. »

IMPRIMERIE IMPÉRIALE. — 1865.